卜水者

宋心海／著

天津出版传媒集团
百花文艺出版社

图书在版编目（CIP）数据

卜水者 / 宋心海著. -- 天津 : 百花文艺出版社, 2021.3
ISBN 978-7-5306-8021-6

Ⅰ. ①卜… Ⅱ. ①宋… Ⅲ. ①诗集—中国—当代 Ⅳ. ①I227

中国版本图书馆 CIP 数据核字（2020）第 254084 号

卜水者
BUSHUI ZHE
宋心海　著

出 版 人：薛印胜
特约策划：王美元
责任编辑：胡晓童　　**装帧设计：**WONDERLAND Book design 仙境 QQ:344581934
出版发行：百花文艺出版社
地址：天津市和平区西康路 35 号　　**邮编：**300051
电话传真：+86-22-23332651（发行部）
+86-22-23332656（总编室）
+86-22-23332478（邮购部）
网址：http://www.baihuawenyi.com
印刷：三河市兴国印务有限公司
开本：880×1230 毫米　1/32
字数：150 千字
印张：7.25
版次：2021 年 3 月第 1 版
印次：2021 年 3 月第 1 次印刷
定价：48.00 元

如有印装质量问题，请与三河市兴国印务有限公司联系调换
地址：河北省廊坊市三河市北外环路南密三路东
电话：18630658620　邮编：065200

序　言

在精神底座上徒手搏击闪电

霍俊明

宋心海，“70后”，典型的诗歌“早熟者”，其早在20世纪80年代即在《诗林》发表诗作，但随后因为生存和工作等原因而离开诗坛，直至2017年才重新写作。宋心海并不是孤立的个案，很多诗人因为种种原因在一个时期之内离开了诗坛，主动或被动地放弃了精神生活。这是沉重的，也是可惜可叹的。在宋心海这里，选择、放弃和重新选择诗歌正印证了生存和诗歌之间彼此博弈、纠结和较量的过程。词语的重心和生命的世俗力量处于龃龉和盘诘之中。暂时停止诗歌写作可能也并不是一件可惜的甚至糟糕的事情，因为从诗人的经验和阅世的角度（诗人与生活的关系）来看，现实的淬炼对于诗歌写作，尤其是“客观之诗人”（王国维语）不无裨益。

在时代转折以及日常景观发生巨变的时刻，在日常性伦理和生存秩序的沉重碾压下，诗人必定要在生活和生存方面付出代价。一个饱尝了人生冷暖的写作者，他的诗歌话语方式和精神向度必然是冷峻而自省的，而宋心海正是其中的一位——“这些年 / 我没主动和神要什么”（《神一句话也没有说》）。与此同时，经过艰厉的淬炼，他的人生观和诗歌观念也必然发生变化甚至更新，反之，他也不会在多年之后重新拿起诗歌这支特殊的笔进行精神的挖掘。这印证了生活的边界也正是语言的边界。

越是精神无着的人越是需要一个精神底座，这具体到宋心海，就是他的乡村景观、家族过往以及现实境遇，其诗歌中频繁出现的“母亲”“父亲”“姥姥”“二叔”“三叔”“大哥”等家族人物的复写，以及对乡村物象的深度描写，它们彼此同构出精神的共同体。这是一个人的来路和精神出处，尽管在现实中几乎已经无路可返。宋心海一次次打开精神褶皱上的伤痂，也在深度描写中重新检视、擦拭着一个个旧梦、旧物、旧人、旧事。这是深层的精神磨砺，因而宋心海诗歌中的这些细节、意象和场景不只是属于个体的象征物，而是构成了一个时代的寓言和万象更迭的舞台。他更像是用竹篮打捞往事之水的徒劳者，而更能够打动我们的则是生命意识，当然也包括惊惧和痛彻不已的死亡叙事。它们共同构成了普世性的问题和存在的终极思考。在宋心海这里，诸多的乡村家族人物大体都是悲剧性的，这是痛苦的笔触，这也是对人世和自我的无情勘问。它们构成了能够瞬间击打、洞穿我们的神经，令每个人惊悸不已、不忍直视的酷烈真实——日常真实、语言真实以及精神真实。这方面的代表作是《两颗铁钉》（还包括《在火化间目送大哥化作一团火焰》《一项手艺》等）——

大哥的肉身
变成一堆骨头
需要半个小时

我有些憎恨火
又有些怕
怕它烧毁一切

敲碎的骨头里
显现出两颗幽暗的
尖锐的铁钉

这吞噬时间的火啊
它让大哥消失
也留下锋芒

每一个人都在砧板上被无形的力量反复捶打，而诗人则是在精神和语言层面对此做出及时而有效回应的精敏群体。

具体到宋心海的诗歌写作和精神向度，这是在乡村的底座上博取精神闪电的人。

这是瞬间的照彻，也是击中的暗伤。他也在记忆和诗歌中经历一次次的死亡以及一次次的重生，“在今天，明天，不死的时间深处 / 他们是我 / ——一个刚刚重生的人 / 最柔软的部分”(《梦醒时分》)。就乡村抒写而言,“最柔软的部分”正是最酷烈的部分,这一切终将成为永远不可复现的“亡灵”,而与此相应的人、事以及记忆就带有了“最后”的悖论底色。你怀念和热爱的正是已经和终将逝去的部分。具体到宋心海的精神基座,这是对乡村的母语和方言持有本能性眷顾的精神意义上的“童年期”:“家乡的山冈,最安稳的座椅”“退回到王太玉屯的田野里”。但是,这也是一个易感、易碎的“玻璃人”。

确实,在宋心海的一部分诗中,我们真实不虚地听到的是震裂中的“大地的方言”,土地的伦理秩序乃至乡村中心也到了消解的时刻。我们看到的是他不断在化血为墨迹的阵痛中抒写和叩问着过往的村庄(王太玉屯)、农时人事的村庄,以及现代性的人心渊薮和现世变迁。一个人不断退身到这一小小的精神底座上,这并不是一种缩身成茧人般的自闭和回避,而是不容回避的精神诉求、命运底色和灵魂胎记。这是对故乡“位置”的反复确认,也是乡土经验被遗落之后的当代挽歌,是根系被连根拔起之后的失重状态和虚无体验。这也是很多当代诗人的共同境遇。这是精神的接续、记忆的重塑以及词语的再生相同步的过程,它们彼此洞开而又相互支撑、倚赖、共生,只是这一过程更多处于阴影、冷彻之中。这是生与死、黑与白、过去和现在、消失和重现、肯定与抵牾、已知和未知、赞颂和挽歌彼此交叠的过程。这是回溯、往返、驻足和凝视的过程,是一次次的擦拭,也是一次次的掘进。这是精神重新对位的过程,也是将虚空、尴尬和冷彻一次次排空和重新填充的过程。这是不断确认又不断怀疑的过程——犹如“找不到锁孔的铁”,

无所适从而又心怀愿景——犹如一个回到故乡的陌生人。这是类似于回忆往事的白日梦般的时刻——一切都不可能重来了，也是临街黄昏时刻的一个诗人的茫然、无绪、回望、检省、发现和叩访。犹如一个人在秋风和冬雪中，他的词语也渐渐带有了刺入骨髓的时光挽歌的成分，这也意味着由黄昏向夜晚过渡的精神向度的产生。这需要诗人不断地去辨认、拨正，“好像我们真的 / 谁也不会丢下谁”。

这是精神的童年期和成人经验的彼此纠正。诗人一次次地回到多年以前，但是已经没有乡野牧歌可言了。极其可悲和吊诡之处正在于：这都是以瓦解、破碎和消散为前提的，越是失去的就越是需要打捞和追挽，尽管更多的时候是竹篮打水。这最终形成的是一个人的精神编年史，它涉及乡村、现实以及个人的精神生活。如果不是宋心海，我们都不会知道东北大地上一个极其普通的如蝼蚁般的“王太玉屯”。这是一个乡村的立碑者，是不可见历史的精神复原者，“一百年了，我的老家 / 终于有一块碑 / 立在村口”（《村庄的高与低》）。这是一个人甚至一代人的地方性知识和空间精神构造，这个“王太玉屯”不再是一个自然地理版图上的一个斑点，而是精神化、语言化、修辞化和象征化的地标和母体。经由这一坐标，我们能够在宽远的社会学、伦理学、精神学和修辞学的立体视野中反观一个时代的诗人心史以及远非轻松的生活史。

这是一个切片，也是一个入口。

从《卜水者》（组诗）、《大地的方言》《村庄的高与低》《我和风都是这里的仆人》《故乡的位置》《母亲的空碗》等近作的体式和样貌来看，宋心海还是一个不折不扣的诗歌“极简主义”的践行者。

他的诗作大体控制在十行左右（有的甚至更短），真正地做到了惜字如金、视纸如命、诗同己身。这是拒绝了夸饰、浮泛的诗，是排斥了滥情易感的诗，也是直接回到本性和语言本源的写作方式。诗歌的“少”正是内在的法则，也就是我们经常说的“以小博大”“少即是多”以及“直抵核心”。诗歌是徒手博取“闪电”的事业，需要捕捉猝然降临的神思，诗人是“减法”的坚定奉行者。在这方面，宋心海确实具有一定的代表性。而如何真正有效地做到“少即是多”，如何在有限的诗行之内完成诗歌精神和思想容量的扩充更是难上加难。这种“短”“小”的前提是诗歌的完成度和完整性，即句子的短并不能限制诗歌的精神容量和情感载力。而恰恰，很多诗人的“短诗”都是未完成的残篇断章罢了。当读到宋心海的这些短作的时候，我不期然地想到了当年的芒克、北岛以及顾城的札记式的写作（比如，北岛的《太阳城札记》），想到了遥远时代的洛尔迦……显然，宋心海的优秀诗作比较好地回答了上面我所提的问题，我肯定这种诗歌样态的尝试。与此同时，我们注意到近年来诗坛在诗歌的“小”“少”方面做文章的不在少数，比如，四行之内的“截句”“新绝句”，等等。诗歌自古就在于尝试和创新，这是诗人的本职工作。而所谓的一寸短一寸险是也，写作这样的“短诗”容易出现闪失，比如一不小心就会成为思想的黑洞和箴言警句式的“经文”“教义”。写作“小诗”或形制规约化的诗作（比如十四行诗）肯定不是靠“聪明”和“勤奋”能够完成的，甚至也不能倚赖智性的互搏术和头脑风暴，而是需要经验、感受力和想象力的通力合作与并肩作战。

读宋心海的这些品质突出的短制诗歌时，我感受到了诗人的综合才能以及精神自审意识，目睹了诗人与事物在瞬间碰撞后彼此激发出来的火星儿。其启示正在于真正的好诗人应该具备写好“一首诗”的能力，这首诗几乎凝聚了该诗人一生的诗学品质和晚期风格。

一个人在现实和诗歌中不断寻找一个精神基座，在摇晃和涣散中不断试图在上面站稳脚跟，而此刻他已经站在了最黑暗的中心。在孤独和苦挨中，他等待的是独自搏击闪电，以此短暂而又惊心动魄的时刻来照彻过往、来路，以及不可知的未来和命运本身。

目　录

第二辑　手上香火

第三辑　想你的马

第四辑　身体的神

第五辑　做回观众

第一辑　大地方言

家乡的山冈，最安稳的座椅
每次临水而坐，都感觉
进入了一座宫殿
我和风都是这里的仆人

我和风都是这里的仆人

沙土质地，四腿镶石
随季节的轮转，它变幻着颜色
只有风不变

只有坐在这里
才会放下满身的刀剑
看王太玉屯的起伏辽阔

家乡的山冈，最安稳的座椅
每次临水而坐，都感觉
进入了一座宫殿
我和风都是这里的仆人

大地的方言

妈妈攥紧拳头
十条小溪
就流回她的掌心

小清河的声音
一阵紧似一阵

那是王太玉屯大地上的方言
从来没有断流

梦话，或口信儿

西漫岗的大地深处
一座座小房子里
有我的亲戚

他们和许多生物一起
从地面走到地下
只有一群羊

“咩咩”地叫着
仿佛是他们的梦话
或捎来的口信儿

又像是在冰雪堆里
替他们寻找
回来的门

西漫岗

在我的老家王太玉屯
穷人和富人死了
都要埋在村外的西漫岗上

坟头有的地势高一些
有的低一些
就像他们活着时住的老房子

在我老家的西漫岗
富人家的坟前立着的石碑
雕龙画凤
都是闪着光，昂着头的

穷人家的石碑
大多是轻薄和灰暗的
有风无风，总是把头卑微地低下

小清河

我不知道，她什么时候断流了
但是我不怕
因为我还可以哭

我必须告诉儿子
浸润在这一带山水间的恩情
不容忘记，需要用一场大水
来隆重祭奠

需要用我们的泪水
来接续一条河的香火
和血脉

冬天的背景

我们的背景
就是整个冬天
铺满了大雪的背影

说出这一事实
好像踏实了许多
其实是没有背景的人
一直跟着自己的影子奔跑

这一片消瘦的乡村黑暗里
一个少年
恍惚间就长出了
茂密的胡须
他被自己的影子牵着
有时，他们
又紧紧地靠在一起

小村

她认不出我的样子了
嵌进山脊的炊烟
有了太多皱纹

只有那些村头的墓地
还是原来的样子
只有那些再也回不来的人
还是我离开时
憨厚的样子

碎裂的屋瓦上
只有我，和两三棵枯草
在摇晃

老宋家的树

屯里的树
早些年，没有归属
都是集体的

村西头那趟树
后来姓宋，也曾经姓王
不管姓什么
树还是树

那些树根本就不认识我
那些树根
裸露在大地上
没有一棵树求过我
我也从来没奢望
变得和这些树一样

喜鹊

最讨喜的角色
却长着最黑暗的面孔

在村口的榆树上
最年轻的喜鹊
也是我的长辈和先人

故乡的位置

在一条通往未知的路上
路旁的一棵树里

在一粒豆荚里
豆荚爆开时的阳光里

在一条草甸子上的小河里
小河干枯时的哭声里

在盐碱地上的土坟里
土坟深处，那一把骨灰里

在你回家时
张开怀抱的泥土里

一群羊

走过呼兰河大桥的低处
看见柳林、草甸
和一群过路的羊

继续前行，走到王太玉屯的黄昏
又看见一群羊
站在进屯路的两边
仿佛是多年前的那一群

“咩，咩……”高一声低一声
夹杂着草叶、黄昏、腥膻和尘土
像极了我那些
二十年不见的亲人

我的马低下了头

小时候，总是绕开它走
怕被它的蹄子踢到
怕它在野外吃的草里有鬼
打喷嚏把鬼喷到我身上

在早亡的大哥的坟头
有两匹枣红马
着了火，很温顺
很快便低下头
扑倒在地
然后化作烟尘飘飞而去

那一夜，老去的草叶含着露珠
开始返青
我听见梦中的马蹄
嘚嘚敲响了
天上亲人们的门扉

回忆往事的某种方法

要到皱纹里
去翻找
要穿过眼泪
浸湿的
那半坡青草
和被贫穷熬干的
一条小溪
最后，终于
翻出了
在水中摇晃的
树梢上
消瘦的月亮

找不到锁孔的铁

从北京到哈尔滨
我逃出飞翔的铁

又深陷于绿皮火车
——这缓慢的铁
然后是客车
——这颠簸的铁

在明水县
换乘乡间小巴，抵达永兴镇
是因为这战栗的铁
再去王太玉屯
骑自行车
驾驭一堆寒酸的铁

层层包裹的铁
挤压的铁，就要窒息的铁

回到故乡的铁
找不到锁孔的铁

正午的小鱼馆

在时间的咽喉里
有一家小鱼馆
窗户被厚厚的塑料布包裹着
寒气鼓荡着……

正午的阳光
刚刚煮沸鱼锅里中年的流水
三个男人的心
在舌尖上决堤

他们的口腔里
挤满了七里铺的小鱼儿
酒过三巡，往事飘忽
它们一条一条地
往出蹦

画牛

画：
一头老母牛
一头小黄牛

三十年前的午后
入冬的白霜
老牛的鼻孔
冒出一团又一团热气

大地上没有什么了
正像我们那时的生活
只是遗落在原野上的
一两穗苞米棒

我不敢睁眼
怕梦里的纸张消失
怕再也听不到

小牛吮吸奶水的
叫声

于是，我在纸上画
那些牛，发自心底的
“哞哞……”

祝老二

他是大哥的发小
他们和那些山里的小鸟一起
在低矮的树枝上唱歌

他爱打鸟，和我哥一起
在柳树林子里
一黑天，谁也找不到谁
我就在秋风里哭

一转身的工夫
那些树不见了
我大哥也不见了

五十岁的祝老二还在
天空还在
大地只剩下一只鸟
唱他们当年的歌

我不知道那是不是我的大哥
从另一个世界里
回来了

季中元

月光穿透墙壁
那个叫季中元的人
总能听见
汩汩而出的泉水

他暗恋着红脸蛋的张秀芬
魂不守舍，又胆小如鼠
不敢吐露一个字

胆小的人
始终不敢凝望天空
却在四十岁时
为五斗米折腰
偷了生产队的粮食

季中元，在一个叫明水的地方
曾经吃不上饭的穷人

西风吹乱他的头发
也散了筋骨
半生眯着眼睛看人

第二辑　手上香火

我们必须在身体里

安放一个和平的弹夹

让呼啸的风声

憋回去

纳鞋底

后半夜，母亲喝过一碗中药后
用僵硬的手指
用力挠了一下头，仿佛四十年前
纳鞋底的锥尖，又划伤了头皮

那些冬天的夜晚
煤油灯的阴影里，她守着我们兄妹四人
一边纳鞋底，一边说着旧事
说着说着，我们就睡着了

现在她已经没有了纳鞋底的力气
但还是惦记着儿孙的冷暖
嘱咐走夜路的孙子
注意脚下的石头

她一个字一个字地说
用尽了全部的力气

仿若当年，她一针一针地
把满天的星星，纳进我们的鞋底里

黎明的呼吸

灯油熬尽，天快放亮了
母亲必须让老宋家的孩子赶在落雪前
穿上崭新的棉鞋
她必须打起精神，在每个鞋底上
扎出一千个细密的锥孔

让每个孩子的鞋里都暖暖的
那些针脚踩在大地上，就像贴紧大地的耳朵
能听到每一个黎明的呼吸

老年斑

我不忍再多看母亲一眼
我不敢

我不敢看她的老年斑
那些数不清的斑点
沉默着

天色越来越暗
那些我不敢看的——
像极了，一个个，我们年幼时

母亲为我们做鞋时
扎出的，生锈的锥孔

余生

母亲侍弄菜园时
腰始终弯不下去

瘦削的身子，越来越薄
地上的泥土也是

她的鞋底也是薄薄的
就像她为数不多的
余生

最真实的鞋子

我穿过的旧鞋
一只也没有坏掉

如果把它们摞起来
应该有一个大厦的高度

如果它们倒下了
那最后落下的
才是这大厦
最真实的部分

摔疼的鞋子

母亲最生气时
向我投掷过一只鞋子
打倒了煤油灯

家里的一床大棉被
瞬间就着火了
煤油味，布料味，棉絮味
持续了四十多年

那场大火好像一直在燃烧
而那只摔疼的鞋子
却躲过一劫
长成我脚上最硬的跟骨

丢失的鞋

没有在我的脚上
停留过

它只是
一双脚的可望而不可即

丢失的鞋子
成全了一首迟到的诗

路上画满窗子

路上
画满窗子

阴影里的鞋子
走向远方

落满鸟雀的树
静静地盖住了
路上画满的窗子

怕丢的母亲

夏天的一些日子
用来跟紧年迈的母亲
怕她走着走着就不见了

更渴望走着走着
就走回她的身体里

好像我真的一直没有生下来

好像我们真的
谁也不会丢下谁

挽起妈妈的手臂

走在人群中
我们的影子
覆盖在大地上

她的眼神
比阳光还亮

身上掉下的肉
终于回到自己的身体里
贴紧了老去的骨头

谢谢

一次，和母亲长时间的通话
要挂机时，她说谢谢

很多年来，我和母亲说话
都没有这么正式过
我不知道，她为什么要说谢谢

小时候，母亲想尽一切办法
让我们吃饱饭
她总是在秋收后的田野里
拾回最后一棵麦子

母亲捡回很多粮食
却常常饿着肚子
我们也从没想过
向母亲
说一声谢谢

豁口

母亲从一整块月饼上
掰下一大块
放在手里

她坐在那里
夜色一层层覆盖下来
始终没有吃

一块月饼的豁口
没有办法
盖得住

母亲的空碗

昏天黑地的
乡下母亲，三四个孩子
在哭闹

用仅有的一小块干粮
蘸着月色的余温
熬一碗粥，最小的孩子先吃
然后是大一点儿的
再大一点儿的

到她自己的时候
天就要亮了，那只空碗
只装满了大地的忧伤

距离

1

我一出生
身子就沾满了泥土

我的血
就是妈妈的血
我生下来时
满山的高粱都红了

2

碎花围巾改成的
一层肚兜
妈妈抱着我
玉米糊糊一点点
塞进我的嘴里
最甜的那一口
是妈妈眼泪冲泡的

3

爸爸用苞米秸秆扎的摇篮
系在屋梁上
妈妈摇晃着
一根绳子越拉越紧

4

妈妈把我放到土坯搭成的小炕上
屋子里黑漆漆的
我哭，她不哭

我哭哑了嗓子
后来，就不会哭了

5

妈妈告诉我出村的路
就独自转身回了老屋
她的心里在下雨
但淋湿的只有她自己

6

我与妈妈离得越来越远
有时是周末

是节假日
是七天
是半个月
是三个月
是一百二十公里

还有我
读不起的大学
还有
漫长的山路
用文字筑起的屋檐

7

一转身
从少年，到青年
一转身
穷孩子有了好媳妇

结婚那天，别人都在笑
妈妈却哭了

8

我离开的王太玉屯
越来越空

只剩下妈妈一个人
像一枚铁钉
拔不出来

9

我和妈妈越来越远
一千五百公里
三百六十五天
八千多个小时

中间还隔着
一道皱纹，一把老茧，一头白发
一次凝望
一声叹息

10

那断断续续的路
已经看不清
那风声和雨声中
断断续续的
脚步声
妈妈也听不清

11

妈妈一生很少弯腰
很少坐下来
她说，乡下人
要站直了，站稳了

我和妈妈的距离
其实不远，就是我常常弯腰时
她依然
站得很直
很高

注：一公里为一千米。

硌掉的牙齿

妈妈的牙口儿
能啃硬骨头
也不怕
冰的和冷的

妈妈的牙口儿
也撕碎了
一场又一场的风暴
却怎么也挡不住
那些被命运强行砸进来的
铁钉
最疼的一根
是早亡的大哥
生生地硌掉了
妈妈的一口好牙

心病

妈妈总在怀疑
大夫隐瞒了重大病情

她不相信自己没病
没病的人，为什么心总疼？

恐惧一层层加深
变成梦魇，大哥的身影
闪烁其中

我没有办法
解开缠绕她的绳索
我也找不到好的医生和良药
治疗她的心病

眼泪

大哥走后
爸爸妈妈彻底老了

他们不敢当着我们的面
流眼泪

我也必须忍着，必须把泪珠
一颗颗咽下

——这些悲伤的子弹
足以把我们贫寒的家
再次击穿

我们必须在身体里
安放一个和平的弹夹，让呼啸的风声
憋回去

老大的忧伤

最近一段时间
爸爸回老屯五六次

二叔没挺住，和我三叔当年一样
一撒手就啥也不管了
我们都哭了，天都哭黑了
爸爸始终没有哭

自从弟弟们都走了以后
爸爸一直假装镇定
这一辈子，他为兄弟姐妹操碎了心
活着的阳宅，走后的阴宅
都是他操办的

可是现在，他总说
自己还没来得及找一块可心的墓地

梦醒时分

母亲、爱人、妹妹，还有我的儿子
这些再平常不过的称呼
这些每天围在我身边的人
我却不知道他们是高高的山巅上
最明亮的一部分

在视野所不及的远方，在我眼睛的潮湿中
他们也同样构成了
我心跳的一部分

在今天，明天，不死的时间深处
他们是我
——一个刚刚重生的人
最柔软的部分

一样的剧情

爸爸病得不轻
妈妈本来好好的
却也吓出了病

爸爸要扛不住的时候
妈妈顶了一下
两个人又都站了起来

前几天妈妈也病了
爸爸半夜熬药
罐子里也煮着他心疼的絮叨

爸爸扶着妈妈走路
我们一旁默默看着
要塌下来的那半边天
给顶住了

他们活了大半辈子
多次重复这样的细节
虽然剧情简单
但总让我们泪流满面

绷紧的距离

爸爸和妈妈走路
总是一前一后

年轻的时候
妈妈在前，爸爸在后
这样她走得踏实
后面长了眼睛

走了大半辈子
现在爸爸走在前面
妈妈说她断后
要看着爸爸走稳

还说，他不能倒下
他倒下，她就无路可走

爸爸不说话

只是低头绷紧
他们之间的距离

皇恩浩荡

爸爸每次来电话
一定要说明
奉你妈之命打的

饭菜端上桌
他一定要强调
遵你妈令做的

他随时准备宣读
妈妈颁布的
一道又一道圣旨

快五十年了
作为吾朝臣民
我深感皇恩浩荡

饭碗

妈妈总是
盯着爸爸的饭碗
偷偷地把自己碗里的饭
多拨给他一些

爸爸一直顺从
他的女人所做的一切
只有一次他发火了
——妈妈饿出了病
他才知道
家里一直缺粮

爸爸砸碎了一个饭碗
从那时起
爸爸没再让妈妈饿着一顿

一晃，他们老得掉渣了
但还是互相盯着彼此的饭碗

白发如铁

妈妈白发生得早
一边生一边掉
有些是我们拔下的

它们，越来越尖锐
一根根，穿透我们的手指
扎到肋骨上

我越来越疼
眼角淌出铁锈

仿佛我从来没有见过世面

她说着，我对她说过的话
——不用惦记，都挺好的

她说的这些话，都是
我这几年，一直说的
她把我们的担心
以我们的口吻
又转述给孩子们

仿佛，我还待在她的身体里
仿佛，我从来没有见过世面
她说的每一句话
都是想告诉世界——
她还怀着个孩子
还没有准备好
就生下了他们

感谢

这些年
我卑微前行
把寺庙当成风景
从未刻意地去建筑
不知道佛会不会怪罪
感谢佛一路护佑。牵着
母亲从乐山栈道下行
到大佛脚下，明白
手上缭绕的香火
显露出的檐顶
不属于这里
也不属于
哪座
山

一项手艺

500 天之后
母亲能平静地说起早亡的大哥
1000 天之后
大哥的照片，被她从墙上摘下来
1500 天之后
她说只生了我一个孩子
2000 天之后
她已经没有眼泪

今天，一个适合烧荒的日子
她把大哥的所有遗物
一件件搬出来，交给火

她正一点点学会一项手艺——
面对死亡

失去一个乳房的母亲

留一个吧，给自己的儿子
怕他有一天
突然变回一个孩子
还需要你的哺育
而那失去的一个
你用来交还给大地

走道儿

我们乡下人
把改嫁叫走道儿
我姥姥，抱着三岁时的我妈
走道儿了

姥姥一生走道儿四次
老李家，老张家，老王家
最后是老冯家

她为老冯家养儿育女
但没有一个是她生的

她最后一次走道儿，是奔向死神
老冯家，一个人也没去送

偷东西

我姥，孙男娣女多
好吃好喝，总想着我

穷人家的灶房里其实没什么
半块窝头、一个土豆
最多是三五粒花生
很羞涩

姥姥每次当小偷
把吃的塞给我，然后转过身
悄悄地哭

缝补

我的小舅
（与妈妈同母不同父）
肺子烂出窟窿
只活到三十多岁

我姥姥拼命地缝衣裳
打补丁，手都扎烂了也堵不住
小舅胸前
烂透的那一块

姥姥的骨头

我姥姥常头疼
一犯病，就用头
砸炕沿

姥姥的骨头
比木头硬

我现在也常常头疼
我不敢
像姥姥那样砸

我总是
抱头痛哭

枯坟

姥姥总去西岗子的
那片树林

她自己，蹒跚着
有几次，我看见她
就要跌倒在风里

她没有倒下去
在树林边的枯坟里
埋着我小舅
和倒下去的
家族史

拐杖（一）

我姥姥，有一根拐杖
抱着我时
才站得稳当

我和拐杖
都是她身体的一部分
姥姥走了
拐杖也不见了

每次回去祭拜她
都看见她坟前的榆树
很面熟的样子

尤其是它们弯曲的枝干
举向天空时
那倔强的样子

尤其是它们扎进黑土的根
触到我指尖时
那温热的瞬间

老屯空了

西漫岗的坟场
在变大
老屯，却越掏越空

姥姥说
这是迟早的事
有良心的人
就多祭拜点儿
糊弄糊弄鬼
也是好的

过年，都祭拜
我姥姥养大的，姓冯的
那些舅舅和姨妈
一个都没有来

我把漆黑的夜晚烧得如此苍白

我姥没住过楼房
没坐过轿车，没去过北京
没看过
电视

我哭着给姥姥烧
纸做的楼房
纸做的轿车
纸做的荣华富贵

我不小心，把漆黑的夜晚
烧得
如此苍白

我妈和她妈

我妈，六十八岁了
长得越来越像——
她的妈妈

我一想姥姥的时候
就分不清，她俩
谁是谁

说话

我姥的土坟旁
有棵老榆树

一想姥姥
我就坐在树下
听树叶，在风里
说话

画姥姥

每次
想姥姥
我就会在
一张白纸上
画王太玉屯的西漫岗
那些坟堆上
被风吹得
摇摇晃晃的
草

老家

爷爷来到这个世界
其实是走丢了

和他一起走丢的
还有那些
在风中飘荡的草籽

它们落在哪里
哪里就是
它们的老家

烧荒

不小心点着了
爷爷坟头的枯草

紧接着
整个草甸子都着了火

这些草啊
只有在一场大火之后

才能让我爷爷
再一次亮出
雪白的骨骼

长高的草

我爷爷的坟头越来越矮
再矮就陷进了土里

那些草会不会越长越高
顶着风……

那些草，再长高
会不会就缠住了炊烟

以骨为碑

我爷爷在遗嘱里说
他死后
不要立碑

别人的碑，立在坟头
刻了显赫的名字

爷爷的碑，就是那堆骨头
活着时用血肉包裹
现在用土

埋葬

被铁锨和镐头掘开的土地
闪着亮光……

刚刚埋进坟里的爷爷
在一片黑暗中

那些露出骨头茬儿的
新鲜的黑土

摔到他的棺材上
正发出断裂的声音

草叶上的眼睛

爷爷没来得及看我最后一眼
就走了

天都哭黑了，爷爷
也没醒

三十年了，我已没有眼泪
只是看到爷爷坟头
那些草叶上的露珠

一颗一颗醒着
像极了爷爷用力睁开的
眼睛
看着我

骨灰盒

装爷爷骨灰的盒子
火柴盒一样

他们把它
安放在狭窄的墓穴里

在他的骨灰盒
与穴壁之间的缝隙里

挤满了
刚刚长出来的
青草

一粒草籽

王太玉屯到西漫岗的祖坟地
只有短短的几步路
爷爷却走了八十七年

一粒草籽
从钻出地面
到成为一株枯草
只需要秋天的一个时令

爷爷和那些草籽
又长在一起
只用了一口气儿的工夫

捉迷藏

这些草把爷爷藏了起来
他一直在等待
我们把他找出来

但是每一次
我们找到的都不是他
只是这些
从坟墓里长出来的草

越来越深的草
淹没了他
又像是紧紧地
抱住了他

石碑

爷爷的坟头
一直没有块像样的碑

他忍辱负重一辈子
最坚硬的部分
咽到肚子里

也把身外的
那一堆石头
带到土里

这片大草甸子

不知道爷爷的土坟
是被风削平
还是被草淹没了

有几次
它隐藏得很深
找不到在哪里了

只有风，挥舞着镰刀
在这片大草甸子上
准备收割生死

挪坟

大水不止一次冲上爷爷坟头
每次都冲走一些草

爸爸不得不给爷爷挪动一次坟
一千五百米应该是五百年
都安全的距离

老宋家从不与自然为敌
爷爷一辈子生在草中
又得救于草

一辈子靠近水
又要看水的脸色

遗物

大哥去世好几年了
我逼迫自己忘记他

我回到妈妈的身边
一次次强调
她只生下我一个孩子

所有人都知道
这是我自欺欺人的骗局

所有人都不知道
我是大哥的替身
也是他的遗物

寻找

大哥的战友
从外省赶过来——
只为看看我的脸
听听我的声音

大哥去世后
我都快学会忘记了
可是他们没有
一直在寻找着大哥

他们现在盯着我
在我的骨血中
他们会一直
找下去

我想变成水生物

我把自己陷在繁杂的事物里
淹没自己
就像在无边无际的水中
从此不再上岸

据说人死后
很多都是在大水中
指挥千军万马
我要长出适合水性的鳍
成为大哥的一个兵

最好还要有鳃
可以呼吸
每时每刻都睁大眼睛
再也不流淌泪水

藏在影子里

大哥去世后
我努力地做回
父母身边最小的孩子

可是他们
一直也把我当成最大的

看我的目光
从来是看看我
再看看我的影子

花草上的声音

大哥去另一个世界
一定去完成更多的使命
会活得更轻松

他在看不见的地方
像我们想着他一样
想着我们

我一直想告诉妈妈
我怕说不明白这个道理
怕说了她也听不懂

在这个世界消失的生命
会在一棵花草上
发出声音

两颗铁钉

大哥的肉身
变成一堆骨头
需要半个小时

我有些憎恨火
又有些怕
怕它烧毁一切

敲碎的骨头里
显现出两颗幽暗的
尖锐的铁钉

这吞噬时间的火啊
它让大哥消失
也留下锋芒

遗像

站在大哥遗像前
我用眼睛
洞穿自己的虚伪
盲从、无措
用泪水擦洗头发
眼睑、脸颊
洗不掉的疲倦

一次次
我用更深的黑暗里
发出的光亮
小心地为自己
也为大哥
整理仪容

纽扣

梦里又见到大哥
他手里攥着一枚
从大衣上
扯下来的纽扣

这让我想起
早亡的高中同学
从水中捞出时
他攥紧的是城南河的
一把泥

画月饼

在一张大黄纸上
一笔一画
小心地
画一块
小时候的月饼

用一行小字
写明：
豆沙馅儿
大哥喜欢
但从来
不舍得吃

把纸上的
月饼
点燃了
有异香浮动

也许是大哥
终于吃了
一块喷香的月饼

活着的脚趾

没睡多久
便开始做梦
我的大脚趾
被石头砸掉了

举着大脚趾
我哭个不停

这时大哥出现了
拍拍我的头说
“二弟，别怕，
那是我的脚趾”

大哥去世几年了
他的脚趾还活着
我的心——
怦怦地跳了起来

大哥的苹果

大哥从来不吃苹果
他见到苹果就躲
很害怕的样子
当兵的时候
几个战友硬往他的嘴里塞
牙挤掉了一颗
他把带血的牙吃了
也没有吃那个苹果

一转眼，大哥去世几年了
临终的那一刻
他也没有吃一口苹果
我妈说，大哥是爱吃苹果的
但是他不敢吃
尤其是别人给的苹果
他怕还不起
我妈说，那些年日子苦

吃不饱也穿不暖
大哥从来不爱说话
他把自己的心当成苹果
生生地，咬碎了

对梦的感激

小时候怕鬼
脑海里勾勒他们的样子
红嘴绿下巴
吃人不吐骨头

老房子里午睡
梦中——
有人开门
走近身旁，看不清样子

他只顾自己说话
不与我交谈
语调是我的大哥
在一遍遍重复
出门，要注意安全

我不愿意睁眼

想一直听早逝的大哥
唠唠叨叨
我还有一丝恐惧
但深深感激
这梦的幻觉，痛的真实

母亲的手指在哭泣

有时会隐隐灼痛
特别是深夜，会怀疑
大拇指断了

有时会从梦里逃跑
拎着血淋淋的手指
放在嘴里狠命咬一下

去年七月三日
我们去看大哥
看着烧祭奠品的母亲
我忽然发现
她的大拇指烧掉了
二拇指正在
哭成泪人

在火化间目送大哥化作一团火焰

他没有哭，嘴唇里喷涌着火焰
牙齿间
也咀嚼着火焰

我无法从火焰中辨认他的样子
也无法焐热冰冷的石碑上
滚烫的名字

在此后漫长的余生
我都盯紧他的这一小堆骨灰
怕一阵突然的风
把他吹散

小时候的月饼

大哥负责给我们发月饼
他用拇指和食指
夹住一块月饼
轻轻地，掰
弟弟妹妹，每人一小口

他也在咀嚼
很香的样子，很开心的样子
可他，没舍得吃一口
一直到五十岁
得重病，离开了
也没吃过，一整块月饼

在生活的背面想一个人

跟紧一个人
走过工厂街、田地街、南极街

整整一个下午
也没触摸到他的气息

我不知道他是走累了
还是故意丢开我

像极了逝去三年零三个月的大哥
他们的步履都过于匆忙

我只能小心地在生活的背面
继续辨别他的样子

走丢的亲人

早晨走圈的时候
我会认真观察周围的人

试图找到爷爷、奶奶、姥姥、三叔、小舅
还有早逝的大哥

我始终没有找到相似的面孔
他们从人间的一个豁口
走丢了

第三辑　想你的马

这样的夜晚，你的手掌
是否会铺展开另一片天空
让我无论如何突击
也逃不出，你的食指

没来得及拥有官名的孩子

回老屯，听人们喊我小黄毛
他们从背后喊，迎面也喊，扯着嗓子
一声接一声，喊……
这多像喊一条土狗啊
我的小名，原来一直躲在这里
这么多年，我把那些淡黄的、苍白的
柔弱的，一根根，焗好，藏住，掖紧
生怕它们露出来
从公社，到县城，到哈尔滨，再到北京
记不清，这些年我染了多少次
记不清，多少次想听一声
这亲热的呼唤。也许有人喊过
我却没回。我怕一答应
会醒来，会流泪，会傻乎乎
退回到王太玉屯的田野里
成为那个，还没来得及
拥有官名的孩子

玻璃人

这个世界什么都昂贵
我不敢随便伸手

有一次在头等舱休息室
抓紧酸奶的手
突然被一道阴影拂过
闪电般缩了回去
——我怀疑
那盒子是金子银子做的

我的还没褪去茧子的手，出着汗，紧张地
在我的身体上
从一处挪到另一处
不知道放在哪儿好
甚至开始痉挛、僵硬
仿佛是玻璃做的
一不小心就会炸裂

我陷在沙发里不敢动
眼睛仿佛也成了玻璃做的
就要炸裂

我感到悲伤，悲伤也成了玻璃的
呼出的气也成了玻璃的
我感到窒息
身体仿佛也成了玻璃的，就要炸裂

墙也在哭

这些年
撞完南墙撞北墙
即使头破血流
也微笑着

感谢南墙的无情，北墙的无义
即使撞得头破血流
还是一次次冲上去

其实我知道
我们撞在一起的时候
我疼，它们也疼
我哭的时候
它们也哭

拐杖（二）

被折断的树枝
它更珍惜劫后的余生
一下一下地敲山的胸膛

被树举高的阳光
能听懂丛林里
别在胸前的鹿鸣

我们即将倒下时
它才会长成
身体里最硬的骨头

可能性

黔之驴
一蹄子
把课本踢翻
回头看那头驴
老泪纵横

杀我！从泪水开始
一头驴
也可能成为
一个好人

下午的日子

用英雄笔尖
把日历上的下午
用力地抹去

用那半张纸
把自己包裹成另一个人
在一些静物中间
恍若微尘

花瓶已没有草芥的气息
书架上空空荡荡
有人早已忘记
与我有关的一切

也有人，一定正走在半路
拎着被抹去的下午
我们空空如也的影子

在清晨遇见无名的昆虫

我一直忌惮于
人世的复杂
我一直怀疑清晨的昆虫
为什么没有名字

我一直不解虫蚁的单纯
它们孱弱的身体
为什么比我
更加从容地
举起这个清晨

一张纸的背后

月亮升起有三个小时
青春走过有两公里
一张纸的背后
是自己

等可以
老可以

只有风
吹拂着起伏的群山
与谁说着
熄灭
或燃烧

一张纸的背后
藏着棺椁

清洗

冲洗，汗蒸，按摩
把周身浑噩
一顿收拾——
洗去一把污泥
蒸煮掉二升邪气
捶打出三两疼痛
每一道程序
我都无比认真、用力
我怕洗不净自己
但我又怕
洗得太干净
认不出自己

注：一两为五十克。

关于羊蹄甲花

一朵叫羊的小花
哪来的这股狠劲儿
只一蹄子
便把我弹回过去

还硬生生地
把我灵魂里的东西
咩咩地
——拽出来

这场雪是被谁撕碎的纸

不是第一场雪，也不是
最后一场雪。
我捧在手里的
那么轻，又冷
融化成水时，有旧年的味道
当我认真去读
——这些雪
仅仅是一些被谁撕碎的纸
字迹已经荒芜

时钟在夜晚的嘀嗒声

我躲在夜晚的深处
任嘀嗒声，划破黑暗
那声音浪花般破碎
又紧紧相依
我被反复浸泡
到达牙齿的洪水
淹没匆匆的一生
这夜晚的时钟，嘀嗒声
是一次外科手术的前奏
我已无力抵抗

夜路

这世界太黑
我必须攥紧什么

左手攥紧右手
就会多一个兄弟

攥紧不安的影子
把自己捆绑在大地上
就不会走失

攥紧旋涡中的脚印
一些疼就会开出花朵

攥紧汗珠
也攥紧体内隐藏的泥巴
一次次——
我从梦魇中逃脱

吃苹果

夜深时
我开始吃苹果

我习惯这样
一小口
一小口地吃

我咬苹果时
有一种和你有关的念头
从手指开始
爬向全身

我慢慢地咬苹果
这简单的劳作
很疼

想你的马

无拘无束地，想你的马
踏过长长的夜路

马蹄溅起大片的月光
锋利的碎片，就要收割心头
心上的一万亩麦田
又似一面战鼓
要敲击出，白银与麦粒
碰撞的声音

这样的夜晚，你的手掌
是否会铺展开另一片天空
让我无论如何突击
也逃不出，你的食指

端起杯子，窥见鸟类

抬头的瞬间
不小心想起

你端起过的杯子
等在枕边已经很久
水已经凉了
仿佛触到了你的手

忽然窥见天空的画布上
密密麻麻的麻雀
我不想打开窗帘
怕窗外的风
吹走梦境

这份沉浸
已经把心灵
开垦成万亩田园

那花花草草上
挂满了露珠般的思念
盛满这夜晚的杯子

套住太阳

在想象的街市
城市不再需要围墙
一种莫名的渴望
在喧嚣里滋长

遥望那条
窄窄的天河
牛郎和织女
还没有从那书本里挣脱
真想挥动两只大手
用多彩的积木
为他们搭建
童心歇脚的地方

九个月前的某个清晨
开始放飞我的木马
它嘶鸣着，咬住长杆儿
套住那太阳

神的幸福

如果有第二种生命
我会毫不犹豫地选择爱你

似乎除了你
我爱的都是凡人

只有爱你的念头出现
天空才有云朵盛开
云上的莲花才会绽放

我的父亲，用锄头和镰刀
在土地上祈祷
而我，忙着在荒芜中
收割自己

路过中医院，兼致旧友

你在这里，生了
许多根须
每次咀嚼，都是
百草的味道

长在兴安西麓
和你这里的，都是好药
你知道，它们
从不需要
进入任何一个
处方

睡莲

风还不小心地迈着步子
你枕着云雾，叶上还有梦的痕迹

天边的光芒染亮了你的羞涩
不安分的鱼
在找寻丢失的星星

只有你是淡定的
把梦中的诗行
无声地写在水面上

咖啡花

沉浸在众香国里
第一次，微醺地仰望
仰望如此冷艳的洁白
锋利的馨香，一朵朵
刺得眼睛好疼

忽然有了醉态
愿抛弃所有斯文
生长，向你跋涉的寓言
一路从《诗经》
走向民歌

以三万年幻想，两千夜的思念
深品这次相遇
一次义无反顾的贪婪
一次南国的雨水
始终停不下来

古老的一天

——致 M

整个大楼只有我一个人
读题目大胆的诗
两本诗集里
有咚咚的声音次第响起
两部电梯载着风
从一楼到十楼
气喘吁吁，爬行或俯冲
楼板分隔的区域
蓝玻璃闪着冰冷的光
长春花凋谢又再生
和它们一起绽放的还有
写这两本书的人
她正向我走来
拿着开放在我胸口的诗集
侧耳倾听，神色安宁
仿佛我们一起回到古代

葱心里的卑微

这个早晨，剥一棵
停在前一秒，还没来得及进入中年的葱
我尽力去拔，指尖触到天亮前的黑
昨夜的沉，更早之前的一片光

我的手，停不下来
时光好像越走越快，停在明水县
建华村的王太玉屯
剥去一把污泥、几片枯叶、许多冗须
剥出一堆酸涩、几掬泪水、二两疼痛

层层包裹里，终于剥出
藏匿很深的青，很亮的白，很紧的脆
最后，竟拔出
葱心里的全部卑微

泼胃

我的胃在骂
骂我
我忍不住细听
它为什么如此悲愤

昨夜的酒
酿酒的水来自故乡
王太玉屯，小清河的流水
此刻它们也在骂
轻一声
重一声

空酒瓶

张三、李四、王二麻子
所有人，纷纷离开
他们的席位和我的身体

只剩下一张桌子
几只东倒西歪的杯子
还有我，躺在一只空酒瓶里睡着了

更没人知道，我什么时候会碎裂
变成一堆碎玻璃
把自己划得遍体鳞伤

酒徒

在酒里，露半张脸
看瓶外杯外的众生
半张脸，就够了

酒瓶倒空时
胃也被酒精挖出一个洞
为一种最不意外的死亡
留一道门

演员

喝着喝着
就会变身演员
演技真真假假
看酒的度数

喝着喝着
就醉了
是不是真的会醒
要看喝酒的人
是否懂得敬意

祈祷

每一次酒醉
都会在凌晨惊醒
每一次
我都会一遍遍按住额头

把十指想象成十尊佛
虔诚地供奉

我也会把自己想象成庙宇
被酒掏空之后
明月夜，春山空
只有木鱼声

先干为敬

把对方当佛祖时
自己是沙弥

把对方当粪土时
自己是虫蚁

把对方当圣人时
自己是草芥

把对方当烈酒时
最好先干为敬

孤儿

扶着墙壁
抱着大树
只一个踉跄
会猛然喷出一口
我吐出的
是五脏
是六腑
最狠的一次
吐出了所有骨头
站也站不住
躺在床上
仅仅剩一副皮囊

酒香

月亮这只酒杯
盛满明晃晃的烈酒
在苍穹下
风一吹
便会
洒出几滴
天空的泪水

面对一杯酒

面对一杯酒
我不止一次，想到李白
在月下独酌

也有几次，想到项羽
在乌江边失魂

面对一杯酒
我从来不曾犹豫
必须一仰脖，干净利索
喝下一杯烈火

或慷慨地
吞下一柄利剑

酒话

一杯酒是热的
喝下去的是烫的

醉酒前说的是假的
醉酒之后
也不知道哪句是真的

老中医说——
吐出去的是酒
吐不出去的是毒

酒后

有时会忘记
身在何处

在许多个地方
飘移……

太阳系，银河系
未知的
浩渺的星系

好像都很小
宇宙也很小

只有自己很大

第四辑　身体的神

把身体里的神
请出来
让他们
看看这个世界
说不定
会从此饶恕我

走失的神

我睁着眼睛睡着了
我总是这样，睡和醒没有区别

在这裂隙中
我身体里的另一个走丢了
他再也没有回来

只给我留下一副轻薄的皮囊
在王太玉屯的西漫岗
那个称为老家的地方
随风摇晃

神一样熟睡

肠胃里慢慢长出粮草
眼睛里生出大海
手心上落满了去年的一场大雪

嚼碎自己的牙齿
咽到肚子里……
在大海里独自划船
吃灵魂里的荒草

我躺在自己的掌心上
神一样
熟睡

神的脚印若隐若现

我看到晴空里的云朵
藏着那么多的莲花

我看见微微战栗的苍穹上
神的脚印若隐若现

星辰从水中升起

一生中有那么多河流
淹没过天空，和无数的亲人
活着的、死去的
都是水的味道

在河边静坐良久，天已经彻底黑了
星辰从水中升起
似乎为了我
她们才勉强眨了一下眼睛

神一句话也没有说

这些年
我没主动和神要什么

神一句话也没有说
他悄悄路过我的家门
就像秋风
无声飘过

我的悲哀在于

我的悲哀在于
锁头一直在死去

而那把生锈的钥匙
就在我的手心里
像一个孤儿
无人认领

迷航

我一直以为
在圣坛上滔滔不绝的
就是神

我深陷于他们口中的悬河
找不到泅渡的船只

惶惑

古时的太阳
照耀着
今天的诗意

我不小心
被过去的阳光灼伤
也没躲过
现代的惶惑

我永远无法知道
在过去和此刻之间
不经意间读出的
到底是什么

一把铁锤的力量

我总是心存侥幸
想请回身体里出走的神

用有限的伎俩，不高明的药丸
暴风雨前的闪电
流水拐弯时冲出河床的雷声

我也总想用一把铁锤
把自己脑壳砸碎
让那个找不到家门的神
从这里钻回去

过去的夜晚

出走的神，终于
有一个回来了

我任由他挥动皮鞭，把门窗打碎
把房子打碎，夜晚打碎
一直把摇曳的光
打碎

最后一个是我
血淋淋的，呱呱坠地

茶花

我在梦里
听见她开放的声音
一朵茶花
刚刚经历了黑暗的夜晚
她微微点头
好像已决定了
一桩婚事

一阵秋风
穿过我的脊背
她轻轻地打了个寒噤
慢慢温习
茶中的苦味

胃隐隐作痛
于这晚秋的晨光里
万物有它无言的对抗

正如这一朵茶花
其实从未开过

刺荷

荷花是带刀的刺客
她杀死的是自己

滋养绿叶、鲜花、清香
也在水下、暗处
叶子背后，豢养杀手

把所有生都给了
北方的夏天
把死，还给了污泥

白天鹅

那捉摸不定的风
不足以收养整个夏天

那天鹅
只是在我的夜晚
短暂来过

我的日子只有雪
她为我拔掉了
整个冬天的羽毛

梦中的事故

树后有人，在开掘
他细碎的影子，随时准备
把挖出的土
填回去

他也在挖我
挖眼睛，挖鼻子，挖耳朵
挖心上的坟茔
我听见咔咔的响声

再也找不到回家的路
当他满目疮痍，我帮助他
一次次把身体
推进自己的深坑里

请神

把身体里的神
请出来
让他们
看看这个世界
说不定
会从此饶恕我

莲花

一年，建一所院落
两年，完善一个蓄水池
三年，学会种植莲花
四年，池水中，白色、黄色、粉色、红色
朵朵莲花

五年，我看到晴空里的云朵
云朵之上，无数莲花

我不知道，多少年后
会有一场大水包围
让我看到一朵莲花
在身体里盛开

梦到茶花

梦到茶花
是一场意外

绽放雪中
根扎于冻土
唇间有呓语
在星空的背面

梦到茶花
我瑟缩着不愿醒来
怕一睁开眼睛
就再也见不到
她不屈的样子

梦到的一句话

窗外下着一场古代的雨
一个现代的女子
在屋子里嘤嘤哭泣

身体里的汉字

偶尔跑出来的
会在纸上认罪
更多的汉字
我会严加管束
让它们老实地
趴在骨头上

草

骨头节
与风博弈

背对着风
倒在自己脚下

我鞠躬
藏起内心的铁

我爱的是

我爱的是——
身边的风
和她吹拂过的大地
还有群山

我爱的是山上山下
我的兄弟
——那一株株
不卑不亢的草

我爱的是什么都不重要
我只愿意
用力擦亮我的眼睛
和你

遇见古代镜子

在一枚古代的青铜镜子里
我看见一个人影
微微晃动

我们相互对视时
起伏的镜面
波涛涌动

我凝视他很久
反复把自己的面孔涂抹

不管我怎样遮掩
还是跑出了一具
滚烫的骷髅
从这青铜的镜子里

骷髅

在一面古代的镜子里
看到一堆
骷髅

我知道，这是先人
也可能
是我

或是我的后人
在青铜里
醒来

墓碑

身体里的汉字
落在纸上
会被点燃

有骨气的几枚
会烧成石头

也可以
铸成
——墓碑

诗爱者说

我以泪洗面，洗先人的字
一笔一画
干干净净

上好的宣纸
淋过许多朝代的大雨
一些字迹
早已经面目模糊

唯有
骨头还是洁白的
那血——
还是热的

这张纸

我的目光，停在纸上
我的脚印，印在纸上
我整个人，躺在纸上

这张纸，写上我的名字
点燃成灰，风一吹
就什么也没有了

逃生的脚

他们从更黑的夜晚跑出来
灰蒙蒙的天都走亮了

他们不说一句话
只是用脚不停地重复

只有大地才能听懂的
逃生的语言

影子

每天他都在公园里走圈儿
影子一道道地
缠绕在腰间

他看不见影子里还藏着一条蛇

正一点点
勒紧他

所有星辰

从早晨走到夜晚的人
是幸运的
他看到了所有星辰
从脚下升起

中元节

秋雨缠着活人，透不过气
大街上移动着一辆辆被打湿的棺椁
爷爷、奶奶、姥姥，他们一生没坐过轿车
今天，他们还小心翼翼地问自己：
这是不是一场梦？

草坪上

风在人心里走

人心
在草坪上
学着风的样子

我的脚印很古老

地球是人类
一步一步走圆的

这样想，我就很有成就感
那蓝色星球的圆满里

我的脚印
一定很古老

第五辑　做回观众

下半场我要做回观众
看演出从高潮直到落幕
我必须享受这个过程
享受戏份越来越少
梦想越来越小
享受一个人
在空旷的
剧场里
活到
空

宋朝汝瓷

凝神，静气，深入禅境
去召唤

大地就醒了
宋朝也就醒了

汝之土，之火
骨头最纯粹的光芒
是汝瓷

我是在
一个写满宋词的朝代
读到了汝瓷
这最炉火纯青的一句

月光曲

声音的翅膀硬了
——羽毛雪亮

整片森林都是她的家
星星的种子
种在贝多芬的手指上

他的手指
养育了今晚的月亮
和我

《教父》之柯里昂

他一生只中过两次枪

一次圣诞节他去买水果
——中了乱枪
他倒在地上

另一次是在院子里
玩自制水枪的孙子
打中了他
还命令他
——“倒下去”

一辈子没听过谁话的人
真的倒下去了
再也没有站起来

纸上的鹰

一只鹰
穿透古代的宣纸
裹挟凛冽的大风
目光如炬

让人心生寒意
由远及近的鹰
迸溅着火星
也亮出它心里的刀锋

起飞的鹰，高高在上
它每一次振翅
都让我听到了
响彻人世的
雷鸣

杯子碎了

一不小心
把用了十年的杯子
掉在地上

一起喝茶的邻居
没熬过腊月
来不及告别就走了

摔碎的杯子
和突然离去的朋友
都只留下
白瓷一样的骨头

买了一个新的杯子
再泡我们常喝的碧螺春
却怎么也品不出
他活着时候的味道

遇见南方的芦苇

不知何为生
也不知何为死
南方的芦苇
始终活着

我从北方来
一棵白发苍苍的芦苇
一岁一生
一岁一死

雨打芭蕉

这雨
从何而来
才能击穿小屋里
一首诗的
沉默

疏疏密密
敲
晚唐的哀婉
敲
南宋的迷情

无论
如何敲打
都是历史的
声响
而这雨

还是

今生的

味道

回忆某部露天电影

白色幕墙里
一个特务，忙于告密
四处偷听

他伪装成人民的样子
暗地里
为敌人传递情报

他也做出一个敌人该有的动作
表面很人民
内心很鬼祟

黎明到来
村民总是意犹未尽
谈论长长的情节
仿佛他们亲自杀掉了特务
仿佛他们自己
既是人民，又是敌人

这座钟

人的离世
就是心里的那座钟
被谁摘下，挂在别处

从脉搏的嘀嗒声里
我想知道，心里的这座钟
来自何处

在大房子里枯坐

好像有许多人，纷纷聚拢来
一声又一声喊我——

大房子里也有羊肠小道
歪歪斜斜的乳名
有时会蹦出来

仿佛做梦，大房子里
越活越小
等回过神儿来
我们都老了，记不住谁是谁

没有女人的下午

今天下午
整个办公大楼
荒芜得
没一个女人
（她们都去过三八妇女节了）
只留下
我们这些臭男人
心不在焉
久违的寂静啊
真像一座坟墓
等着女人们
用七嘴八舌
回来挖

琵琶

海南岛
不过是我手中
一把琵琶

我将邀请全世界的人
和我一起弹奏

身披重孝的草

我一言不发，收拾
满院子的尸体——
碎了的花盆
草牡丹的蔫叶
圣女婴的残枝

角落里的一株草
身披重孝——
一句句悼词
从眼角滴落

状元槐

在东岳庙的东北角
年迈的树干就要触到地面
两根铁杆，架起了她

她躲过了，命里的两场火灾
庙里的石碑一样
活得坚硬

我在心中念念有词
最后也不得不转身离开
饶过这棵老树

我把带有祈福令牌的红绳
系在自己胳膊上

剥葱

这个早晨
剥一棵还没来得及
进入中年的葱

指尖触到黑
触到更远的村庄里
那枯灯

我一直剥
在午夜深处剥出
亲人的骨头
那刺眼的白

墙上的钟

时针和分针
停止了跳动

在最黑的夜晚
是谁用不停的撞墙声
在校准秒与秒的节奏
试图拽出
砌进墙里的
死亡

军嫂

她把弹片
一块块，挖出来
在阳光下
把枪声晒干

她把骨头
一块块，挖出来
在月光下
把另一个自己
埋葬

拯救

二十四岁的罗丹
面对顽固的石头
他的刻刀，割伤的
是自己的脸

研学人体生理学
潜读但丁、波德莱尔的诗歌
他必须让刀子
柔软起来

十三年过去
他的《青铜时代》
在布鲁塞尔艺术俱乐部
隆重展出

罗丹终于从石头中
拯救了自己，也拯救了

一块又一块

石头

罗丹的情人

罗丹用双手、嘴唇、眼睛、身体
抱紧每一块
石头

他用锤子、刻刀、心脏、拐杖
从石头里
解救一个个
女人

他常常愤怒——
囚在身体里的女人
整座山的石头快用完了
也逃不出来

享受

上半场是一个演员
下半场我要做回观众
看演出从高潮直到落幕
我必须享受这个过程
享受戏份越来越少
梦想越来越小
享受一个人
在空旷的
剧场里
活到
空

小黑

囚禁在我的身体里
三十年，挠地，狂吠
一次次要跑出来
把我的心，叼出来

我的小脑、骨骼、肌肉
在磨损，变小，撕裂
排列着深深浅浅
细密的牙印

我疼，念念不忘
一条小狗。叫它小黑
就像在为我的来世
命名

舜耕山庄的一只流浪猫

她找到这扇打开的窗口
找到一个异乡人
一张熟悉的脸

她一定知道借来的夜色
无论如何努力
都不能一饮而尽

此刻，这残留的几滴
从她的眼角
滑向我的舌尖

有一种咸让我醒悟
她的前世
是我的同族

夜宿壶口

那一年，夜宿壶口
枕着涛声，听一列火车
咆哮着驶出来

直到昨晚，我已经
人到中年
它还在不断地加速

沿着额头上铺就的枕木
像子弹一样
一次次穿过我的身体

成都宽窄巷子

走着走着，我就走丢了
宽窄巷子里
四处乱撞

好在我撞的墙和人
没什么区别
好在我的疼和别人的疼
没什么区别

丢在这条巷子里
好在宽和窄没什么区别
心跳和不跳也没什么区别
不过都是
宽一下
窄一下

千佛山顶

需要救赎的人
相信山顶有寺庙
有最大的佛

山脚下的塑像，香火
半山腰那禅意的雨点
都被一一忽略

散在青石上的卷帙
只有风在一遍遍诵读
一步步耗尽清晨的人们
停不下来

——最高处没有佛
没有探向虚空的檐角
不足十平方米的地方
堆满了慌张的石头

两面人

阳光下，和很多人
说很多假话

不说假话会死

夜晚来临，和自己说真话
有时，会说一个晚上

不说真话会死

一把刀，劈开我
也劈开白天和夜晚

我活着，也是将死之人

菏泽建筑工地

闫殿良的脸更黑了
我没有认出他

在菏泽建筑工地
那里的灰尘、毒日头
冷雨、大蚊子、凉馒头
让他适应了
工棚里的黑暗

我错把他的名字
叫成高中时溺水而亡的
杨艳军同学
我几次握住他的手

却不能握紧十根手指
他的左手中指、右手食指
砌在一栋大楼的顶层

青冈县猛犸象博物馆

我的手，是湿热的
抚摸那骨头，是冰凉的
我不住地收紧自己
一点点散发热量
变成一件展品

一头猛犸象
似乎也在收紧自己
变成现在的我
变成观众视野中
一件古老的玩具
和我的骨头一样的骨头